La leçon

FichesdeLecture.com

La leçon
(Fiche de lecture)

I. RÉSUMÉ DÉTAILLÉ

La leçon est une pièce de théâtre en un acte d'Eugène Ionesco. Écrit en février 1951, ce « drame comique » est l'une des premières œuvres de l'auteur et du « théâtre de l'absurde » dont Ionesco fut l'un des fondateurs. Le début des années 1950 marque le commencement d'une période d'innovations dramatiques dont le « théâtre de l'absurde » ou « théâtre de dérision » (Ionesco préférait ce terme), caractérisé par des « anti-pièces » et des « antihéros » qui rompent avec le théâtre classique de l'époque. Issu du traumatisme qu'a créé la Seconde Guerre mondiale, le « théâtre de l'absurde » se distingue par son absence d'action, mettant en scène l'absurdité de l'homme et la déraison du monde. Dans ce style de théâtre, le langage est volontairement déstructuré, ce qui rend toute communication impossible entre les personnages.

La leçon met en scène un professeur qui reçoit une élève de 18 ans qui vient chez lui pour suivre un cours particulier afin de préparer son « doctorat total ». Au début, le professeur âgé semble timide et prévenant à l'égard de son élève fraîche, naïve et dynamique, mais bornée, créant ainsi une situation comique. Pour mettre son élève à l'aise, le professeur lui pose quelques questions géographiques puis elle récite les saisons. Dans un premier temps, le professeur flatte son élève en lui disant qu'elle est « intelligente », « magnifique », « exquise », puis il lui propose de commencer le cours par de l'arithmétique. Lorsque la jeune fille n'arrive pas à résoudre les soustractions et les multiplications, le professeur perd peu à peu sa patience et sa réserve, il échoue dans sa leçon d'arithmétique et frustré, conseille à son élève de renoncer « au doctorat total ». À partir de ce moment, la tension monte entre le professeur et l'élève, les rôles sont inversés, le professeur prend l'ascendant sur l'élève en instaurant un climat de terreur. De l'arithmétique il passe à l'étude des langues et son cours qui était basé sur un l'échange devient un cours magistral au cours duquel il prend plaisir à martyriser son élève, « Ce n'est pas ça. Ce n'est pas ça du tout. Vous avez toujours tendance à additionner. Mais il faut aussi soustraire. Il ne faut pas uniquement intégrer. Il faut aussi désintégrer. C'est ça la vie. C'est ça la philosophie. C'est ça la science. C'est ça le progrès, la civilisation ». La bonne entre en scène et lance plusieurs avertissements dont on ne comprend pas le sens,« Monsieur, surtout pas de philologie ; la philologie mène au pire ! ».

Conscient de son pouvoir, son autorité monte crescendo, son langage n'a plus de sens, un malaise s'installe. L'élève se plaint de douleurs aux dents, le professeur n'en tient pas compte, il paraît plutôt agacé qu'elle l'interrompe sans cesse. Sa timidité se transforme en folie agressive puis meurtrière, l'élève reste interdite et complètement soumise tentant de comprendre les dérives de langage.

Le professeur contrôle tout sauf lui-même il est devenu comme fou, il répond à ses pulsions et dans un excès de colère après avoir violé mentalement il finit par la tuer après l'avoir menacé avec un couteau. On apprend qu'il y a eu d'autres victimes avant dans la même journée et la servante fait entrer une autre élève, la 41e. Alors on se rend compte de l'attitude malsaine du professeur à l'égard de son élève dès le début de la pièce, tel un bourreau il a mis sa victime en confiance pour pouvoir mieux la détruire mentalement puis physiquement avec la complicité de la bonne. La violence de l'être humain apparaît progressivement.

II. ANALYSE DES PERSONNAGES PRINCIPAUX

Cette pièce regroupe trois personnages : le professeur, l'élève et la bonne (Marie), on note que les éléments scénographiques sont simples, l'action de la pièce ne se concentre que sur les deux personnages principaux, leurs jeux, leurs attitudes et sur la tension dramatique qui s'installe entre eux. L'action de cette anti-pièce repose sur des mouvements contraires, à la fois burlesques et tragiques. Ce drame comique met en scène les comportements humains et leurs dérives à travers ces deux personnages, d'abord celui du professeur complètement instable qui est le dominant puis l'élève qui est la dominée.

Du professeur au bourreau, du ridicule à l'absurde

Le professeur âgé se montre timide à l'arrivée de l'élève alors qu'il la reçoit chez lui, on aurait pu penser qu'il serait plus à l'aise. Au premier abord, on peut trouver le professeur ridicule et la situation comique, mais à travers plusieurs éléments inquiétants comme son changement brusque d'humeur on sent les prémices d'un drame.

Son personnage se transforme en suivant différentes étapes :

- un professeur attentionné et prévenant : il met l'élève en confiance en la félicitant sur son intelligence. Il se montre presque admiratif lorsqu'elle lui dit qu'elle veut passer son « doctorat total » malgré son jeune âge. Il renvoie une image rassurante et encourageante à l'égard de son élève en la qualifiant de « magnifique » et « exquise ». Le fait qu'il soit plus réservé et en admiration devant son élève est ridicule, en tant que professeur c'est lui qui devrait être en position de force et non le contraire.

- Un professeur imbu de lui-même, dès que l'élève manifeste des faiblesses en arithmétique le professeur tente vaguement de lui expliquer, mais il échoue et au lieu d'aider la jeune fille il décide de passer à l'étude du langage. Il ne consulte pas son élève, ne lui pose aucune question il n'y a plus d'échanges entre les deux personnages il donne alors une sorte de cours magistral où l'élève ne peut que répéter bêtement ce qui lui est enseigné. La bonne tente de mettre en garde le professeur et le spectateur, mais ses interruptions ne font qu'amplifier les dérives du professeur. Lorsqu'il part dans ses explications il est encore ridicule, ses monologues créent une situation comique : « J'allais vous le dire. N'étalez donc pas votre savoir. Écoutez, plutôt ». Il lui reproche d'intervenir dans sa démonstration et lui ordonne de l'écouter et ne pas « étaler son savoir » ce qu'il refuse lui-même de faire.

- Un professeur tyrannique, de plus en plus autoritaire lorsque l'élève l'informe qu'elle souffre de maux de dents, il ne s'inquiète pas on se demande même s'il a écouté ce qu'elle a dit. Ses plaintes sont perçues comme des attaques à son cours et donc à son intelligence. Plus elle se manifeste, plus il s'impatiente et s'irrite : « Ça n'a pas d'importance. Nous n'allons pas nous arrêter pour si peu de chose Continuons... ». Son côté ridicule apparaît encore, il préfère laisser son élève souffrir plutôt que d'interrompre son cours, on se demande alors si son cours à un objectif autre que se plaire à lui-même.

-   Enfin bourreau lorsqu'il assassine l'élève, après l'avoir laissé souffrir, lui avoir imposé d'écouter ses délires. La dimension dramatique et absurde du comportement humain apparaît quand inquiet il demande à la bonne : « On risque de se faire pincer... avec quarante cercueils... Vous vous imaginez... Les gens seront étonnés. Si on nous demande ce qu'il y a dedans ? » Le tueur ne se repend pas, seule la peur de se faire prendre lui importe. Pourtant il semble incapable de se contrôler puisqu'il se prépare à accueillir la 41e jeune fille de la journée : « Et c'est la quarantième fois, aujourd'hui ! [...] Et tous les jours, c'est la même chose ! »

Dans sa folie, le professeur a une complice, la bonne qui a la charge de cacher les corps. Son silence encourage le professeur à continuer, elle va même jusqu'à le rassurer lorsqu'il se soucie du nombre de cercueils : « Ne vous faites donc pas tant de soucis. On dira qu'ils sont vides. D'ailleurs les gens ne demanderont rien, ils sont habitués ». On peut se demander si elle ne prend pas autant de plaisir que lui à accueillir les jeunes filles. Son personnage est celui de la mauvaise mère, très organisée elle fait disparaître tous les corps, elle met en garde le professeur, mais jamais l'élève. Ses mises en garde peuvent être interprétées par le professeur comme des encouragements. À la fin elle met un brassard au bras du professeur avec un insigne.

De l'élève dynamique à la victime soumise

À son arrivée chez le professeur, l'élève est enthousiaste, insouciante, elle souhaite préparer le « doctorat total ». Elle prend la parole avec aisance et ne semble pas intimidée par le professeur. Son attitude naïve et enjouée est comique surtout lorsqu'elle déclare : « Euh... trois ou quatre ? Quel est le plus grand ? Le plus grand de trois ou quatre ? Dans quel sens le plus grand ? » et « Ne comprenant rien à l'arithmétique, j'ai appris par cœur tous les résultats possibles ». Le début de la leçon est comique, car le professeur lui pose des questions assez simples et dès qu'elle lui répond il la félicite. Grâce à l'atmosphère détendue, l'élève prend confiance en elle, mais semble se disperser et se déconcentrer rapidement. Son entrain disparaît à mesure que la gentillesse du professeur se transforme en autorité.

Elle tente à plusieurs reprises de participer au cours magistral imposé : « Oh ! Oui, Monsieur, jusqu'à l'heure de ma mort... Oui, Monsieur... » Il n'admet aucune contestation de son enseignement donc de son savoir et de sa puissance. Face à son totalitarisme, l'élève se referme sur elle-même, elle n'ose plus communiquer et participer au cours. Elle est victime d'une véritable propagande, contrainte de rester assise à écouter les dérives du professeur. Elle tente de protester en disant qu'elle a mal aux dents, comme si son corps présentait la fin proche, on se demande alors où est passée sa vitalité. Elle est hypnotisée par la démonstration du professeur. Le pouvoir de l'enseignant sur l'élève est total, elle prend pour argent comptant ce qu'il lui dit et n'émet aucune réaction. Impuissante, elle se soumet à la volonté du professeur en se taisant.

Il y a plusieurs dualités entre les deux personnages : la jeunesse contre la vieillesse, le corps enseignant contre les élèves, l'innocence contre la tyrannie et l'homme contre la femme. Il y a également un paradoxe dans chacun des personnages, le professeur est timide puis assassin. La leçon nous apprend que les comportements humains sont un ensemble de dualités, les apparences sont donc trompeuses. Ce manque de confiance en l'être humain est typique de la période d'après-guerre.

III. AXES D'ANALYSE

Analyse du langage

Le langage occupe une place prépondérante dans le théâtre de l'absurde en effet Ionesco déstructure le langage, symbolisant ainsi l'aliénation de ses personnages. Le professeur est ici possédé par son aliénation qui est manifestée par l'utilisation du langage, il ne s'exprime qu'à travers des monologues. En s'attribuent le monopole de la parole, il échoue en tant que professeur et qu'être humain, il est incapable de communiquer et de laisser les autres s'exprimer. À l'écouter partir dans ses délires à propos du langage, le spectateur sourit, mais l'auteur nous met en garde contre l'aliénation qui se cache en tout être humain.

Le langage devient une arme pour le professeur, il convainc, soumet, écrase, viole puis tue avec la force des mots : « Les sons, mademoiselle, doivent être saisis au vol par les ailes pour qu'ils ne tombent pas dans les oreilles des sourds » et « Ce n'est pas ça. Ce n'est pas ça du tout. Vous avez toujours tendance à additionner. Mais il faut aussi soustraire. Il ne faut pas uniquement intégrer. Il faut aussi désintégrer. C'est ça la vie. C'est ça la philosophie. C'est ça la science. C'est ça le progrès, la civilisation ».

Le titre a différentes significations, la leçon du professeur à l'élève, des comédiens aux spectateurs, mais aussi de l'expérience et de l'histoire :

-   La pièce est une leçon puisqu'il y a un professeur donc le but est d'instruire l'élève. Une leçon permet d'apprendre quelque chose. L'apprentissage débouche sur le savoir, la connaissance. Le professeur doit transmettre son savoir, mais ici son cours tourne à un monologue incompréhensible. Le professeur n'a pas su rester à sa place et il finit par tuer l'élève.
-   La leçon que tente de nous enseigne Ionesco, n'est pas de nature scolaire, c'est une « leçon de la vie » de savoir-être, il nous avertit sur la nature humaine, il faut être prudent et ne pas se laisser porter par nos dérives, car tout homme est capable du pire.

Enfin il ne faut pas oublier que cette pièce a été écrite au lendemain de la Seconde Guerre mondiale et beaucoup d'artistes et d'écrivains ont été traumatisés par les horreurs de la guerre et ont voulu témoigner de ce malaise dans leurs œuvres. On peut noter que l'auteur a voulu dénoncer le totalitarisme nazi et les massacres qui ont été perpétrés.

L'abus de pouvoir puis la violence

Avec un début comique et des personnages ridicules, le spectateur ne s'attend pas à une fin aussi dramatique et en si peu de temps. En effet la violence arrive très rapidement.

La montée de la violence et de la mort se décèle d'abord par les mots comme « souffrir », « gouffre », « tombeau », « succomber », « s'écrouler », « crime ». Il se sert de son savoir comme instrument de domination, en utilisant un langage savant incompréhensible pour l'élève il la réduit au silence. La violence engendre la violence, il se prépare à accueillir une autre victime : « Et c'est la quarantième fois, aujourd'hui ! [...] Et tous les jours, c'est la même chose ! » L'ascension de la violence coïncide avec la transformation du personnage du professeur alimentée par sa folie. Il crée un lien de dépendance, il commence par flattée sa victime pour la mettre en confiance et se montre doux et inoffensif, puis dès qu'il sera agacé puis frustré que son cours ne se déroule pas comme il le souhaite il devient violent grâce à son langage. Ionesco a mis en scène l'absurdité de l'être humain, avec cette pièce en un acte, l'action se déroule rapidement ce qui nous conduit à réfléchir et réagir face au comportement humain. Car d'un côté on comprend l'engouement du professeur, son comportement est tout à fait humain, mais d'un autre côté on se demande à quel moment il a décidé de tuer l'élève. La leçon de Ionesco nous met en garde contre nos comportements, il nous préconise d'apprendre à contrôler nos pulsions. En effet, les intentions du personnage se révèlent bien pires qu'on osait l'imaginer. En ce sens, la leçon de langage que tente nous faire passer l'auteur est assez déstabilisante, le langage qui nous sert pour communiquer peut également mener au pire. Ses paroles menaçantes sont plus violentes que ses actes. Plus il parle, plus il prend de l'assurance et prend le dessus sur son élève qui ne peut plus parler d'une part, car il l'en empêche et d'autre part à cause de son mal de dents. Il répond à des pulsions propres à l'être humain, soif de pouvoir, dès que l'homme n'a plus de limites il peut détruire et terroriser à sa guise. Rien ne peut apaiser ou ralentir sa rage, il doit aller au bout du processus de terreur qu'il a installé et tuer le témoin de sa folie. Il profite de son innocence, il s'attaque à plus faible que lui : « taisez vous restez assises n'interrompez pas ».L'ascension de la violence ne prend fin que quand il assouvit son désir de la dominer totalement en la tuant. La résignation de l'élève est tout aussi saisissante, elle pourrait quitter l'appartement, mais elle est dominée mentalement et physiquement.

Les deux personnages ont des réactions tout à fait humaines : l'un ne peut résister à l'idée d'étaler son savoir et de dominer plus faible que lui et l'autre abrutie par les propos de son professeur se gagner par un sentiment de soumission. Ionesco nous dresse un portait de la réalité des comportements humains choquant pour que nous puissions réagir.

Dans la même collection en numérique

Les Misérables
Le messager d'Athènes
Candide
L'Etranger
Rhinocéros
Antigone
Le père Goriot
La Peste
Balzac et la petite tailleuse chinoise
Le Roi Arthur
L'Avare
Pierre et Jean
L'Homme qui a séduit le soleil
Alcools
L'Affaire Caïus
La gloire de mon père
L'Ordinatueur
Le médecin malgré lui
La rivière à l'envers - Tomek
Le Journal d'Anne Frank
Le monde perdu
Le royaume de Kensuké
Un Sac De Billes
Baby-sitter blues
Le fantôme de maître Guillemin
Trois contes
Kamo, l'agence Babel
Le Garçon en pyjama rayé
Les Contemplations

Escadrille 80

Inconnu à cette adresse

La controverse de Valladolid

Les Vilains petits canards

Une partie de campagne

Cahier d'un retour au pays natal

Dora Bruder

L'Enfant et la rivière

Moderato Cantabile

Alice au pays des merveilles

Le faucon déniché

Une vie

Chronique des Indiens Guayaki

Je voudrais que quelqu'un m'attende quelque part

La nuit de Valognes

Œdipe

Disparition Programmée

Education européenne

L'auberge rouge

L'Illiade

Le voyage de Monsieur Perrichon

Lucrèce Borgia

Paul et Virginie

Ursule Mirouët

Discours sur les fondements de l'inégalité

L'adversaire

La petite Fadette

La prochaine fois

Le blé en herbe

Le Mystère de la Chambre Jaune

Les Hauts des Hurlevent

Les perses

Mondo et autres histoires

Vingt mille lieues sous les mers

99 francs

Arria Marcella

Chante Luna

Emile, ou de l'éducation

Histoires extraordinaires

L'homme invisible

La bibliothécaire

La cicatrice

La croix des pauvres

La fille du capitaine

Le Crime de l'Orient-Express

Le Faucon malté

Le hussard sur le toit

Le Livre dont vous êtes la victime

Les cinq écus de Bretagne

No pasarán, le jeu

Quand j'avais cinq ans je m'ai tué

Si tu veux être mon amie

Tristan et Iseult

Une bouteille dans la mer de Gaza

Cent ans de solitude

Contes à l'envers

Contes et nouvelles en vers

Dalva

Jean de Florette

L'homme qui voulait être heureux

L'île mystérieuse

La Dame aux camélias

La petite sirène

La planète des singes

La Religieuse

1984 A l'Ouest rien de nouveau

Aliocha

Andromaque

Au bonheur des dames

Bel ami

Bérénice

Caligula

Cannibale

Carmen

Chronique d'une mort annoncée

Contes des frères Grimm

Cyrano de Bergerac

Des souris et des hommes

Deux ans de vacances

Dom Juan

Electre

En attendant Godot

Enfance

Eugénie Grandet

Fahrenheit 451

Fin de partie

Frankenstein

Gargantua

Germinal

Hamlet

Horace

Huis Clos

Jacques le fataliste

Jane Eyre

Knock

L'homme qui rit

La Bête humaine

La Cantatrice Chauve

La chartreuse de Parme

La cousine Bette

La Curée

La Farce de Maitre Pathelin

La ferme des animaux

La guerre de Troie n'aura pas lieu

La leçon

La Machine Infernale

La métamorphose

La mort du roi Tsongor

La nuit des temps

La nuit du renard

La Parure

La peau de chagrin

La Petite Fille de Monsieur Linh

La Photo qui tue

La Plage d'Ostende

La princesse de Clèves

La promesse de l'aube

La Vénus d'Ille

La vie devant soi

L'alchimiste

L'Amant

L'Ami retrouvé

L'appel de la forêt

L'assassin habite au 21

L'assommoir

L'attentat

L'attrape-coeurs

Le Bal

Le Barbier de Séville

Le Bourgeois Gentilhomme

Le Capitaine Fracasse

Le chat noir

Le chien des Baskerville

Le Cid

Le Colonel Chabert

Le Comte de Monte-Cristo

Le dernier jour d'un condamné

Le diable au corps

Le Grand Meaulnes

Le Grand Troupeau

Le Horla

Le jeu de l'amour et du hasard

Le Joueur d'échecs

Le Lion

Le liseur

Le malade imaginaire

Le Mariage de Figaro

Le meilleur des mondes

Le Monde comme il va

Le Parfum

Le Passeur

Le Petit Prince

Le pianiste

Le Prince

Le Roman de la momie

Le Roman de Renart

Le Rouge et le Noir

Le Soleil des Scortas

Le Tartuffe

Le vieux qui lisait des romans d'amour

L'Ecole des Femmes

L'Ecume Des Jours

Les Bonnes

Les Caprices de Marianne

Les cerfs-volants de Kaboul

Les contes de la Bécasse

Les dix petits nègres

Les femmes savantes

Les fourberies de Scapin

Les Justes

Les Lettres Persanes

Les liaisons dangereuses

Les Métamorphoses

Les Mouches

Les Trois mousquetaires

L'étrange cas du Dr Jekyll et de Mr Hyde

L'Ile Au Trésor

L'île des esclaves

L'illusion comique

L'Ingénu

L'Odyssée

L'Ombre du vent

Lorenzaccio

Madame Bovary

Manon Lescaut

Micromégas

Mon ami Frédéric

Mon bel oranger

Nana

Ne tirez pas sur l'oiseau moqueur

Notre-Dame de Paris

Oliver twist

On ne badine pas avec l'amour

Oscar et la dame rose

Pantagruel

Le Misanthrope

Perceval ou le conte du Graal

Phèdre

Ravage

Roméo et Juliette

Ruy Blas

Sa Majesté des Mouches

Si c'est un homme

Stupeur et tremblements

Supplément au voyage de Bougainville

Tanguy

Thérèse Desqueyroux

Thérèse Raquin

Ubu Roi

Un Barrage contre le Pacifique

Un long dimanche de fiançailles

Un secret

Vendredi ou la vie sauvage

Vipère au poing

Voyage au bout de la nuit

Voyage au centre de la terre

Yvain ou le Chevalier au lion

Zadig

À propos de la collection

La série FichesdeLecture.com offre des contenus éducatifs aux étudiants et aux professeurs tels que : des résumés, des analyses littéraires, des questionnaires et des commentaires sur la littérature moderne et classique. Nos documents sont prévus comme des compléments à la lecture des oeuvres originales et aide les étudiants à comprendre la littérature.

Fondé en 2001, notre site FichesdeLectures.com s'est développé très rapidement et propose désormais plus de 2500 documents directement téléchargeables en ligne, devenant ainsi le premier site d'analyses littéraires en ligne de langue française.

FichesdeLecture est partenaire du Ministère de l'Education du Luxembourg depuis 2009.

Plus d'informations sur www.fichesdelecture.com

ISBN: 978-2-511-02911-4

# Notes :